ちゅうちゅまんげのぼうめいて

大石陽次

改訂版

青灯社

ちゅうちゅうまんげのぼうめいて

目次

画：田代甚一郎
ブックデザイン：西俊章

ちゅうちゅうまんげのぼうめいて

西ん空ん正平さん

星野川に架かった木橋ば渡って、
石だらけのきつか[1]坂道ばのぼりきると、
山の斜面ば掘り下げてつくった池のあろが[2]。

あの池はなんのためにあるかちゅうと、
山から引いた冷たか水ば貯め、日で温めち、
下ん方の五枚しかなか田んぼに流しよるとたい[3]。

いつごろ、だり[4]が掘ったもんか。
米ば食いたか一心で、
あのあたり総出で石積みしたつじゃろねえ。

池には鯉と鮒ば育てち、
水といっしょに田んぼに放すと、泳ぎまわって、
雑草の根ば掘りくり返し、害虫も食ってくるる。

秋になると田の水ば落とし、
まるまる肥ったやつば拾い歩き、
秋祭りの神前に供《そな》え、焼いたり煮たりして楽しむ。

その池ん上が西ん空ん正平さん[5]が[6]家たい。
正平さんほどひがないちんちなんもせんで、
歳とってしまわした人もめずらしか。

昔からあげんして西ん空ば眺めながら、
玄関わきの石に腰かけて、
前ば通るとにこにこして挨拶ばせらす[7]。

鎌《かま》と鉈《なた》はぴかぴかに研《と》いで腰に差し、
鍬《くわ》は何本もきれいに洗《あろ》て束ね、
背負い籠に弁当と水筒ば入れち(8)、

白手拭いば頭に巻いち、
ゲートルば脛《すね》にきっちり巻いち、
軍手も作業着も泥ひとつ付いとらん。

あせがりゃーんす(9)、
ち、ばあちゃんが挨拶すると、
いつもんごつ(10)石に腰かけたまんまの正平さんな(11)、
がーんす(12)、今日の天気はどげなふうじゃろかのー。
大雨の降るちゅうたこつはなかでっしょばって(13)、
もうちょっと様子ば見ますけー(14)、ち、

森ノ塚山と舟木の山のあいだば星野川の流れくだって、
西に向かって空の広うなったとこば眺めながら、
いつのまにか年寄りになってしまわした。

（1）きつか＝苦しい、辛い。
（2）あろが＝あるだろうが、（あなたも知っている通り）あるじゃないか。
（3）流しよるとたい＝流しているのだよ。「よる」は動詞が表す状態の存続、「（と）たい」で先行する動詞を強調する。
（4）だり＝だれ。
（5）西ん空ん正平さん＝西の空の正平さん（というあだな）。
（6）が＝の。
（7）挨拶ばせらす＝挨拶をなさる（丁寧語）。
（8）入れち＝入れて。
（9）あせがりゃーんす＝お精がでますね。
（10）ごつ＝のように。
（11）正平さんな＝正平さんは。
（12）が（ー）んす＝でございます。「あせがりゃーんす」への応答。「お精がでることでござんす」の省略形。挨拶用語として単独で用いてもよい。
（13）でっしょばって＝でしょうが。
（14）見ますけ（ー）＝見ますから。

往還の郵便局員

一里塚ん周造さんな、
あげんして[1]村の往還《おうかん》[2]ば、
自転車ば押してくだって行き、
郵便局の前に着くと、
くるっと反対側に向きば変え、
またのぼって来《こ》らす。

自転車にも洋服にも、
白か土埃《つちぼこり》のみっちり積もり、
帽子の下の顔と眼は、
四十代半ばとは思えんほど老けこみ、
汚れた蠟《ろう》でつくった翁《おきな》の面のごたる[3]。

子どもんころは勉強のようでけて[4]、
尋常小学校は総代で卒業せらした[5]。
そりから郵便局に勤め、
真面目一徹で働きよらした[6]。

勤めはじめは郵便物ば配りよらしたが、
出世して郵便貯金の窓口に座り、
そりゃ手際のよか働きぶりやった。
いつでんにこにこ笑い、
ほんにやさしか若《わ》けもんやったたい。

日本が支那と戦争ばはじめたころ、
久留米の連隊から赤紙の来て、兵隊に取られた。
支那派遣軍に編入され、海ば渡り、
上海郊外で支那の軍隊と戦わした。

あすこの戦闘は、そりゃ激しかったげな[7]たい。
鉄筋コンクリの要塞のごたる工場に、
支那の精鋭ば追いつめたが攻めあぐね、
日本軍は何べんも何べんも突撃しては失敗した。

運河ば胸まで浸かり渡り切ると、
工場から大砲やら機関銃の弾のびゅんびゅん飛んできて、
日本兵ば吹き飛ばし、なぎ倒した。
生き残った兵隊たちが死体ば踏み越え、
血だらけのちぎれた頭やら腕ば掻きわけ、
手投げ弾と銃剣とで殺し合う白兵戦になった。

日本軍が制圧し終わったあとは、
死体と瓦礫の山になり、
あたりにはまだ火と煙のくすぶるなかに、

周造さんな鉄砲ば持ったまま、
鉄かぶとも被らんで棒立ちになっとらしたげな。

戦友が声ばかけても微動だにせん。
何も言うこつのでけん。
不思議なこつに傷ひとつなかが、
時間のたった死人のごつ固《かた》まったまま動かん。
丸太ば倒すごつして担架に乗せ、
野戦病院まで運んだ。

周造さんな気の触れたまま送り返され、
村に帰ってこらした。
その日から一言《ひとこと》もしゃべるこつはなか。
何がまわりであろうが、
笑いも、泣きも、怒りもせん。

村に帰ってからずっと今まで、
あげん(8)して自転車ば毎日押しよらす。
帽子も服も、あれは郵便局の制服たい。
夏も冬も、同じ制服ば洗いもせんで着とらすけん、
土埃で泥だらけになっとる。

自分なまーだ郵便局員のつもりじゃろ。
朝の九時と夕方の五時には、
勤め人のごつ黙って往復ばせらす。
いったいぜんたい、
何が見えとるとか、何が聞こえよるもんか。

風の吹こうが、雨の降ろうが、
真っ直ぐ正面ば向いたままハンドルば握り、
地面にぼろ革靴ば引きずり、
からくりで動くやせこけた泥人形のごつ歩いて行かす。

（1）あげんして＝あのようにして。
（2）村の往還＝村を貫く大通り。
（3）ごたる＝〜みたい、〜のようだ。
（4）ようでけて＝よくできて。
（5）卒業せらした＝卒業された（丁寧語）。
（6）働きよらした＝働いておられた（丁寧語）。
（7）げな＝〜だそうだ（伝聞）。
（8）あげん＝あのように（「あげな」とも言う）。

焼かれた丑蔵じいさん

柿田の丑蔵《うしぞう》じいさんな、
八二歳で、
とうとう亡《の》うならした(1)。

あの家は昔から、
田畑も山もばさらか(2)あって、
丑蔵さんななあんも苦労なしで、

戦後の食糧難のころは、
人に見ゆるごつ裸銭ば握って、
郵便局まで往還ば歩きよらした。

よか目に遭《お》うてこれだけ生きりゃあ、
じゅうぶんやろたい、
ち、だりでんが(3)通夜で言いよったら、

嫁さんの言わすには、
死のごつなか(4)、死のごつなか、
ち、言いながら死んで行かしたげな。

そりから、
おりが死んだら火葬にはせんでくれ、
熱かけん土葬にしてくれ、ち、言わしたげなたい。

えばりくさって苦虫ば噛み潰したごたる顔しとったくせ、
かわいかこつば言わすねえ、
ち、皆でひそひそ笑《わ》ろたばってん、

困ったつは隣組の男衆たい。
あの太か図体の死体ば、
打越の墓まで担《にな》い上ぐるとはえらかこつばい(5)、

この暑かときに人一倍広か穴ば掘るとなると、
こりゃかなわんばい、ちゅうて、
寄り合いも開き、長男の勝造の了解もとり、

舟木の手前の焼場まで亡骸《なきがら》ば運ばした。
さあて、じいさん、熱かろばって焼きますばい、
ち、窯に棺桶ば押し入れて火ば付けらした。

お骨《こつ》になるまで人の倍は時間のかかったけん、
男たちは清めの酒ば飲みすぎて、
あくる日は二日酔いで頭ば抱えとらしたたい。

（1）亡うならした＝亡くなられた（丁寧語）。
（2）ばさらか＝数多く。
（3）だりでんが＝誰もが。
（4）死のごつなか＝死にたくない。
（5）えらかこつばい＝大変なことなんだよな。「ばい」は「たい」と同じく、先行詞を強調。

鉄蔵さんの食事

だりがケチちゅうて、
鉄蔵さんにゃかなわんばい。

ばあちゃんでん[1]、
めしば食い終わったら、
ごはん茶碗とおかず皿にお茶ば注ぎ、
米粒と醤油の残りば飲み込まんと、
もったいのうして、
どうにも落ち着かん。

ばって、
鉄蔵さんにゃかなわんたい。

きのう道端で会《お》うたら、
こげん(2)言わしたぞ。

ここんとこ、
よかこつのいっちょん(3)なか。
くさくさしたけん、
きのうの晩な思い切って、
つけもんに醤油ばかけて食うたとですよ。

（1）でん＝〜でも。
（2）こげん＝このように。
（3）いっちょん＝ひとつも、まったく、全然。

テレビの映らんごつなった村

きのうの台風の被害者は、
なんちゅうたって、
ナショナル電器店の富永さんやろ。

いちばんはじめ、川端の吾一さんの駆け込んで来て怒鳴らした。
お前んとこで買《こ》うたテレビの映らんごつなったぞ、
画面のじかじかするばかりでなーんも見えんぞ！　ち。

その次は祇園堂の猿渡さんの来らして、続けて言わした。
出っぱっとるとこはぜんぶ押したりねじったり、画面ば叩いてもみたが、
音のジージー言うばかりでなーんも映らんばい。

続いて、瀬ノ下の松蔵さん、横山の井上さんやら十人ばかりが、
狭か店に押しかけてきて、
てんでんばらばら、怒鳴り散らしたり嘆いたりしよらした。

そんとき、後ろの方から人ばかきわけてきた魚屋のせがれの清三が、
いきなり富永さんの襟首ば摑んで、こげん叫んだ。
おい電器屋、今日の晩なテレビで何のある日か知っとっとか(1)！

一瞬、その場のシーン、ち、静かになったあと、
横山の井上さんの、あっ、ち、叫んで、
力道山がボボ・ブラジル(2)と闘う日じゃなかか！　ち、言わした。

そりからもう店のなかは大騒ぎでわけのわからんごつなった。
映りもせんテレビば売り散らかして、始末はどげんつくるとか！
プロレスの時間までに映らやったら店に火ば付くるぞ！　ち、手のつけられん。

テレビが壊れとるわけじゃなかとです、ち、
富永さんな悪か方の左足ばゆらゆらさせ、かすれ声で言わした。
きのうの台風で正明寺の裏山に立てたアンテナの具合の悪うなったごたるですたい。

そんなら店でぼーっとしとらんでアンテナばすぐ直しに行かんか！　ち、誰かが叫べば、
この足じゃ正明寺裏のきつか坂道は登りきらん[3]ばい、ち、誰か。
そんならおりたちが背負い上ぐるより仕方のなかぞ、ち、また誰か。

ちょっと待ってくれんですか、ち、脂汗ばかきながら富永さんの言わした。
アンテナば立てたつは福岡のＮＨＫですたい。くわしか技術者も作業員もおるけ、
いまから電話して夕方までに来るこつのできるかどうか相談ばします。

はじめから富永さんがそげん言えばおりたちも納得のいったとに。
言うひまのなかごつがられ[4]まくったじゃなかですか。
天下のＮＨＫが来るなら大船に乗ったごたるもんたい、ち、急に気の抜けたごつなった。

夕方の五時ごろ、ＮＨＫち赤文字ば書いた大きか白の自動車ん電器店の前に着いた。ナショナルち金色の文字ば書いた自動車も続いて横づけになった。文句ば言いに来たもんに加え近所の家からなにごつか、ち、出てきた人たちが取り囲むなか、富永さんな上気した顔でぼろ小型トラックに足ばひきずりあげて乗り込み、往還ば進み祇園堂前の五叉路ば右上にまがって正明寺下まで先導して行かした。駐在所から巡査の武富さんの白か自転車で駆けつけ、三台の車ば追いかけらした。

夕方の七時、ＮＨＫニュースの流るる直前にテレビの見ゆるごつなった。八時からＫＢＣ（九州朝日放送）がプロレスば流すちゅうことで、テレビば持っとる家は夕飯ば大急ぎですませて座敷ば整えた。

祇園堂の猿渡さんが家では、御仏前にテレビば据え、見せてくれんですか、ち、上がりこんだ近所の大人と子どもで座敷のいっぱいになった。なかには村芝居ば見に行くときのごつ座布団ば抱えてくるもんまでおる。

こげなふうな顚末たい。

さあて、ばあちゃんが知っとるとはここまでで、
力道山とゴリラんごたる男との喧嘩はどげんなったもんか。
ばあちゃんな、お茶どん(5)飲みながら、ラジオで浪花節《なにわぶし》ば聞いて、寝るとするかい(6)。

（1）知っとっとか＝知っているのか。
（2）ボボ・ブラジル＝アメリカ・ミシガン州出身のプロレスラー。「黒い魔神」と呼ばれたボボは、一九五七年に初来日。「ココバット」という必殺技で力道山を苦しめた（↑『ウィキペディア』）。ちなみに「ボボ」は、福岡県八女地方の方言で「女性器」や「性行為」を指す。プロレスの実況放送でアナウンサーがこの名前を連呼すると、親たちはテレビの前でうなだれ、われわれ子どもたちは照れ笑いを浮かべ、畳で手の汗をぬぐったりしたものである。
（3）登りきらん＝登ることができない。
（4）がられ＝叱られ。
（5）どん＝〜でも。
（6）寝るとするかい＝寝るとしようかね。

村から消えた光男しゃん

*

三日前の朝の四時ごろですたい。
あの朝は、よーまた、冷え込んだ。
まだ外の暗か中ば、
あたしは福島にひゅうとり[1]仕事のあって、
自転車で往還ばくだって行きましたたい。
北川内の町中ばはずるると、
星野川が往還の脇ば削るごつして流れよる。
そりば横目に見て大曲あたりまで行ったときですたい。
暗闇の先に妙なもんの見えたとです。

近づいて行くと、
荷物ば崩るるごつ積みあげたリヤカーの、
ゆらゆらしながら往還ばくだって行きよる。
こげな朝早かうちからなんば運びよるとやろか、
ち、思いながらすぐ後ろまで寄って行き、
はじめに目に飛び込んできたつは、
ふたりのこーまか[2]娘ごですたい。

ふたりは五歳と三歳ぐらいでっしょかねえ。
赤柄のチャンチャンコば着て、防災ずきんば被り、
リヤカーの荷台に敷いた布団の端にちょこんと座り、
こっちばじーっと見よる。
そりから、娘たちに挟まって、髪の長か大人のおなごの、
背ば丸めて毛布ば掛けて寝とるとが、ちらっと見えた。

横になっとるおなごにかぶせるごつして、

車輪の上の荷台枠に箪笥ばひとつ横置きに載せ、
その上に、ちゃぶ台、鍋、釜、ヤカン、布団、着物《きもん》、
ありとあらゆるもんの縄で括りつけてある。

横ば通り過ぎながら見たつは、
父親でっしょの(3)、
作業服ば着て季節はずれの麦わら帽ば被り、
白か息ば吐きながらリヤカーの引き手ば握っとる。
父親の先ば、
小学生ぐらいの坊主頭の男の子が、
引き手に縄ばむすび、そりば肩に掛けて引っぱりよる。

通り過ぎざま、ライトの灯りのなかで、
こりだけのこつば見たですたい。

まさかキツネに化かされたわけじゃなかろうね、

ち、妙な気持ちのしてきて、
だいぶ行って自転車ば止めて振り返って見たですたい。
ばって、むこーん方で、
あいかわらずリヤカーと積み荷の影の、
ゆっくりこっちに向かって近づいてくるだけですたい。

妙なもんば見たなあ、
ち、ひとりごつば言いながら、
福島まで自転車ば漕いでくだったこつでした。

そりがまさか、
陽しゃんの同級生の家族ちゃ、
ばあちゃんに聞くまではいっちょん知らやった。
いま聞いて、
ああ、やっぱありは夜逃げやったか、
ち、納得のいったばって、

かわいそうなこつでしたのー。

＊
＊

学校に来んごつなった陽しゃんが友だちは、
光男、ち、言うとかい。
そりがとうしゃんな、光弘ちゅうてね。
山林地主に雇われて山守ばしたり、
道路工事のひゅうとりで暮らしば立ててきた。
光弘もその親のじいさんもまじめで働きもんで、
狭かばって家も地所も、
三叉神社のわきに持っとった。

そりが、下の娘が生まれたあと、

働きもんの嫁さんが、
医者でんわけのわからん難病にかかり、
家の傾きはじめたとたい。
家も地所も売り払い、
三叉沢のそばのだりのもんでんなか土地に、
掘っ立て小屋ば建てて住んどらした。
光弘さんな、
手のかかる子ども三人の世話もせにゃならん。
一日働いて幾らにもならん稼業たい。
夜逃げばせにゃならんとこまで、
追いつめられとらしたたいねえ。
借金もまわりにだいぶあった、
ち、聞いたこつのあるが……。

そしたら、光男しゃんたちは、

逃げたっちゃ(4)、
借金取りに追いかけまわさるるとね？

ここんにき(5)では、
夜逃げしたもんば追いかくるごたるまねはしちゃならん、
ちゅうとが、昔からのきまりたい。
借金の話も、根も葉もなか噂話に違いなか。
貸した人にじかに聞いた話じゃなか。

陽しゃんも、めったなこつば言うて、
光男しゃんたちば辱《はずかし》めちゃならんぞ。
行った先でよかこつのあるごつ、ち、思うごつせんと、の(6)。

（1）ひゅうとり＝日雇取（ひようとり）。日雇いで働くこと。また、その人。
（2）こ（ー）まか＝小さい。
（3）でっしょの＝でしょうね。
（4）逃げたっちゃ＝逃げても。
（5）ここんにき＝このあたり、この付近。
（6）思うごつせんと、の＝思うようにしないと、ね。

藤吉が家の火事

＊

寝たばかりで、うとうとしよったら、
耳の奥のほうで半鐘ば打つ音のして、
あちこちから犬の遠吠えば聞いたごたる気のした。

ばあちゃん火事ばい、近かごたる、
ち、陽しゃんのとうしゃんが起こしに来らしたけん、
寝巻に袢纏《はんてん》ばひっかけて外に出ると、

西の空は火の手のあがって真っ赤になっとる。
近所の家から男たちの消防服ば着てばたばた飛び出してきて、

消防小屋からポンプ車ば引っ張り出して駈け出して行かした。

往還に出て男たちの後ば走って行くと、
祇園堂の真向かいから火の粉の噴き出しよる。
樹齢五百年の楠《くすのき》ば赤々と照らして、木の枝に燃え移るばかりの勢いたい。

祇園さんの角まで走ると、男も女も飛び出してきて取り巻いとるばって、
藤吉が家からは炎と煙の噴き出してきて、
屋根やら壁やらの燃えてめりめりいいながら倒れ、近づきもならん。

消防ポンプも集まってきて五、六台ぐらいで水ば掛けはじめたばって、
焼け石どころか、あのぼろ家のまるごと火に包まれて、
とてもとても、しょんべんばまりかくる(1)ごたるもんで太刀打ちはでけんたい。

二時間も燃え続けたやろかねえ。
さいわい近くの花木自転車店と農協には燃え移らんで、

なんとか延焼ば防ぐこつのでけて、あげんして水浸しの焼け跡だけが残った。

ばって(2)、藤吉も馬もカラスもとうとう火の中から出て来るこつのでけやった。

藤吉はいつでん寝る前は前後不覚に酔っぱらっとったけん無理はなかばって、

馬はむぞか(3)こつやったし、カラスもどうしたつか姿の見えん。

＊＊

藤吉が親父の吉蔵さんも母親のヨネさんも、

祇園堂の脇の家と馬ば残して戦争の終わってすぐに死なしてね、

一人息子の藤吉は親の家業ば継いで材木曳きになったとたい。

藤吉が家の目覚まし時計はカラスのカン助たい。

どこから拾《ひろ》てきたか、よちよち歩きのカン助も近頃は生意気盛りになって、

毎朝五時にはオキロ、オキロ！　ち叫んで、藤吉の頭ばくちばしで小突いて起こしよった。

藤吉は四十にもなっとるとに嫁も持たんけん、
自分で飯ば炊いて、漬物と生卵で朝飯ば掻き込み、
タケち名づけとる年寄りばって力持ちの馬に飼葉ば食わする。

からの車力(4)ば二台繋いで馬に取り付け、
ソロソロイコカイノー、イコカイノー、ち、騒ぐカン助の足ば紐で馬の鞍に繋ぎ、
さてそろそろ行こかいのー、ち、今度は藤吉が独りごつば言い、往還に出る。

馬の口ば取って歩かすときもあれば、
車力に乗りあぐらばかいて、鞭で馬ば進めらすこつもある。
行先は星野川に沿うた往還ばのぼって、星野村の材木集積所たい。

あのあたり一帯の山から切り出した材木ば、
いったん集積所に集め、枝んとこのでっぱりば切り落としたりして形ば整え、
木材の種類やら太さごとに分け、積み上げて乾燥させらすとたい。

藤吉は毎日、そこまで馬と車力二台ば曳いて行き、
材木の一方の端ば一台の車力に、もう一方の端ばもう一台の車力に積んでいく。
杉の柱材で細かやつなら三十本ばかり、檜やら楠の直径二尺もあるやつなら四、五本、
三、四間ばかりの長さの材木ば積み終わると、もう昼飯時になっとる。
馬のタケば川んそばに連れて行って川柳の木に繋ぎ、草ば食わせ水ば飲ませち、
自分な事務所のお茶ばいただきながら、カン助といっしょにお握りば食わす。

＊＊＊

ソロソロイコカイノー、ち、カン助、さてそろそろ行こかいのー、ち、藤吉が言い、
集積場から出て、荷物の増えた分だけゆるか下り坂になっとる往還ば、
鉄の輪ば張った車の砂利と石に当たる音ばガリガリいわせながら帰って来らす。
カン助が、子どもたちが道端でかたまっとるとば見つけ、
アブナカゾ、ハナレロ！　ち、甲高か声でおらぶ[5]とは、こりも藤吉が真似で、

子どもたちはかえって石ば投げたり材木にぶらさがったりして、やかましかこつたい。

北川内あたりまでくだって来ると、日の西に傾いて、
藤吉は荷台でうとうと居眠りばはじめ、カン助も鞍の上で羽に頭ば沈めとる。
馬のタケだけがさすがに息の荒《あろ》なって、夏は汗だらけ、冬は湯気ば立てて歩いて来る。

小学校の運動場のすぐ西側に、高速回転丸ノコギリで材木ば切りよるとこのあろが、
藤吉も親もあの高島製材所の雇われの車曳きで、
運んできた材木は全部あすこに届けらすたい。

＊＊＊＊

仕事が終わると、黙ってだれもおらん家に帰って行かす。
馬に飼葉と水ば与え、カン助には朝飯の残りもんば食わせ、
風呂ば焚いてカラスの行水のごたるはやさであがると、

さて行ってくるかいのー、ち、今度はカン助は暗闇で寝とるとか黙っとって、電気の明るか商店の並んどる方に歩いて行かす。
行かすとこはだりでんわかるごつ、酒ば飲ますとこたい。

倉石酒店はこの村には二軒しかなか酒屋の一軒で、
店の中は黒光りのする木棚に一升瓶とビール瓶のずらーっと並んどって、
土間の隅に六人掛けの椅子とテーブルば置いてある。

藤吉はガラス戸ば開けて店に入って奥のほうに行くと、
帳場の横の棚にある酒の肴のなかから鯖の缶詰ば取り椅子に座りこむ。
倉石カネさんの、いつもん酒でよかですか、ち、言いながら、
菰《こも》で包んだ「八女一番」ち紙の貼ってある大樽の栓ば抜いて、
二合枡から受け皿にこぼるるまで酒ば注ぎ、
箸と缶切りと塩ば一握り入れた銀紙と枡酒ば、藤吉が前に置かす。

相撲取りが勝負ばする前の儀式のごたるもんたい。
あきるるごつ(6)一年中毎日同じこつの繰り返しで、
藤吉はなーんもしゃべらんで、酒ばすすり、缶詰の肴ば食い、塩ばなめて過ごす。

この村は酒場がなかけ、酒好きの何人も集まって来らすたい。
肉屋の里吉、時計屋の久間さん、床屋の森造、魚屋の庄三やらが常連で、
小学校ば退職してするこつのなかけアル中になってしまわした橘先生も来らす。

栄養のかたよるばい、ち、お握りやら煮しめばカネさんの差し入ればせらすとき以外は、
口の重か藤吉はだりが来ても笑いもせんし口もきかんで黙って飲んどる。
ほかの客も藤吉のこつはなーんも気にせんで自分のこつばかりしゃべりよらす。

倉石酒店で藤吉ば最後に見たつは博労の馬ん鞍ん八郎さん(7)で、
商売柄、こげん言わしたげな。
藤吉さんが馬もだいぶ歳とってしもて買い換えんといかんですのー、ち。

藤吉がそんとき、えすか(8)ごたる顔ばして、口ばきいたげな。
タケは死ぬまでおりがもとに置いとく、
余計な口出しはせんでもらえんですか、ち。

藤吉と馬のタケとカラスのカン助の葬式は、
正明寺で行われ、橘先生の葬儀委員長ば引き受けらして、
そりゃ心のこもった弔辞ば読み上げらした。

葬式の終わって村も往還もなんかすかすかして淋しか夕べに、
倉石酒店では橘先生はじめ庄三やら森造やらが飲みはじめたが、
石の地蔵さんのごつ座っとった藤吉がおらんで、自慢話もなか静かな宴会になったげな。

（1）まりかくる＝放尿し、かける。
（2）ばって＝しかし。
（3）むぞか＝かわいそう。無慚（むざん）の転。
（4）車力＝大八車。引き手がなくてふたつの車と車台だけのものもある。
（5）おらぶ＝大声を出す、叫ぶ。
（6）あきるるごつ＝あきれるほど。
（7）馬ん鞍ん八郎さん＝馬の鞍（という集落）の八郎さん。
（8）えすか＝恐ろしい、怖い。

幽霊

幽霊ば見たこつはあるとね、ち、かい(1)。
ばあちゃんなこの歳になるまで見たこつはなか。
ばって、人の心に棲みつくこつのあるとは確かなこつたい。

公園山の向こう側に横山川の流れてきて星野川に合流しとる。
あの川ば一里ものぼって行くと、横山の七曲りちゅうとこのある。
沢に架かった橋の脇の一軒家に、おそろしか幽霊の出たこつのあったぞ。

戦争のはじまるずーっと前で、
今から二十年も昔になるが、ほんなこつ(2)あったこつたい。
陽しゃんのとうしゃんなまだはたち前で、上横山分教場の代用教員ばしよった。

とうしゃんな三年生の受け持ちやったが、
秋に入って、幸子ちゅう生徒の様子がなんかおかしかごつなったげな。
目の真っ赤になって、机に教科書ば立ててその後ろでうとうとばかりするごつなった。

弁当は持って来るばって、少し口にするだけでげえげえ吐き出す。
休み時間も教室の隅に立ったまま、ほかの子供たちの遊びに加わりもせん。
着物の襟に首ば埋め両手ば袖口に差し込んだまま、目ば一点に据えて震えとる。

幸子しゃんどげんしたつね、ち、三好が聞いたげな。
ばって、幸子はびっくりしたごつ目ば見開いてかぶりば振り、
体のどこか痛むとね、ち、聞いても、どげんもなか、ちゅうて震えとるばかりげなたい。

ここはやかましかけん職員室で聞かせてくれんね、ち、連れて行って、
先輩の橋本初枝先生も加わって抱きかかゆるごつして聞いたげなたい。
ほかの人にはだりにも何も言わんけん、先生たちだけに教えてくれんね、ち。

そしたら、幸子は涙ばぽろっと流し、かあしゃんの化けて出てこらす、ち、言うた。
かあしゃん、(3)ち、二年も前に亡《の》うならしたかあしゃんの出てこらすとね、ち、驚いて聞くと、
目に浮かぶとか、またぶるぶる震えはじめ、歯ばかちかち鳴らすばかりげなたい。

とうしゃん(4)などげんしよらすとね、ち、聞くと、
二週間ばかり前から筑後福島の町の醬油屋に泊まりがけで出稼ぎに行っとり、
幽霊は一週間前から毎晩出てくるごつなった、ち、言う。

新しかかあしゃんな一緒に寝とるとじゃなかつね、ち、聞くと、
かあしゃんな嫁に来らしてからはとなりの部屋でとうしゃんと床ば並べとらして、
うちは幽霊の出ると喉の奥の引きつってしもて助けての声も出されん、ち、言う。

三好たちゃ、いったん幸子ば教室に戻してから、
ほかの先生たちにも急いで集まってもろて、職員会議ばせらした。
三好と剣道四段の山下九州男先生で幸子が家ば夜通し見張るこつに、衆議一決した。

夕方から秋風の横山川ば吹き下ろして、そりゃ気色の悪か晩やったげな。
幸子に寝る前に家の内側の見ゆるごつ雨戸ば少しだけ開けといてくれ、ち、頼み、
ふたりは蜘蛛の巣だらけの縁側の下にもぐり込んだ。

炊事場のある土間の方で、水ば使う音と茶碗のぶつかる音のした。

そりから、囲炉裏ば掘った板張りの部屋でおなご二人のぼそぼそ喋りよる声もする。

幸子と新しかかあしゃんな何ごつもなかごつ夕飯ば食べ終わらしたごつあった。(5)


そりからだいぶ経って、雨戸の内側の明《あか》るなり幸子が床の準備ばはじめた。

雨戸の隙間から外の暗闇ばじーっと見よったが、枕元の灯りば消して布団にもぐり込んだ。

奥の間の方でも夜なべば終えて新しかかあしゃんの寝につかしたらしく暗闇になった。


さーてこりからが正念場ぞ、ち、お互い目くばせし、代わりばんこに幸子ば見守った。

ばって、一時間、二時間、いくら待っても幽霊らしきもんの影も現れん。

九州男先生は木刀ば地面において、持ってきた四合徳利から酒ば飲みはじめらした。

オオイシセンセイモノマンデスカ コンヤハ ユウレイノデルヨウスハ ナカデスバイ
アリガトウゴザイマス ハラモヘッテキタケン コノオニギリバ クワンデスカ
ち、闇夜で目としぐさだけでやりとりしよった、ちょうどそんときやった。

幸子の部屋の方で、ことっ、ち、音のして、襖の、すー、ち、開く音のした。
三好がぎょっとして隙間から覗くと、部屋の奥のあたりのぼーっと明るうなって、
暗闇の中から世にも恐ろしかおなごの幽霊の浮かびあがってきたげなたい。

青白か顔に黒髪の乱れ懸かっとって、両方の眼尻から赤か血の滴っとる。
顔の右側は肉の崩れて、赤紫の瘤《こぶ》になって膨らんどる。
口も血だらけに裂けて、ぼーっと光の反射して赤やら紫に色ば変《か》ゆる。

そして、底冷えのするごたる声で言うたげなたい。
さちこー かあしゃんなまーだ浮かばれんで 地獄から帰ってきたぞー
とーしゃんと幸子ば まーだ恨みに思うとっとぞー、ち。

三好が腰ば抜かして後ろに倒れそうになったとき、
九州男先生の後ろからバンドばぎゅち握りしめて支え、空いた手で雨戸ばガラッと開け、
こげん叫ばした。蠟燭ば握って足の生えた幽霊のどこの世界におるもんか！　ち。
そしたら今度は幽霊の方が魂消《たまげ》て腰ば抜かし、へなへな、ち、座り込んだ。
幸子が喉の奥からひゅーち笛のごたる悲鳴ばあげたけん、三好はそっちに駆け寄り、
九州男先生は、先妻の着物ばずたずたに切り裂いて羽織っとるおなごば取り押さえらした。
うすうす予想のついとったごつ、幽霊の正体は新しかかあしゃんやった。
白粉《おしろい》ば塗りたくり、血のかわりに口紅ば眼尻と口の端《はし》から垂らし、
口には蒟蒻《こんにゃく》ば薄く切ってくわえ、石榴《ざくろ》の実ば糊《のり》に混ぜて顔半分になすりつけとったげな。
その晩な、幸子は初枝先生の家に泊まらせ、まま母は校長先生が家に引き取らした。
三好は朝一番の堀川バスに乗って筑後福島まで下りて父親ば連れてきた。
帰りのバスの中で父親は、幸子にはすまんこつばした、ちゅうて泣いてばかりおった。

先生たちは幸子に約束したごつ、このこつは警察にも村のだりにも黙っとらした。新しかかあしゃんな離縁され、実家に帰って気の触れたごつなったげな。幸子たち父子も家と土地ば売り払《はろ》て福島の町に引っ越して行かしたたい。

（1）ち、かい＝と、言う（聞く）のかね。
（2）ほんなこつ＝本当に。
（3）かあ（ー）しゃん＝お母さん。
（4）とう（ー）しゃん＝お父さん。
（5）ごつあった＝「ごとく」＋「あった」。ようであった。

ちゅうちゅうまんげのぼうめいて

電球の点いた村

舟木に行く山道の登り口に発電所のあろが。
山の斜面に置いた二本の鉄管から水ば落とし、
タービンば回し、電気ばつくりよる。
ありは、ばあちゃんが嫁に行ったころつくられた。

電信柱が往還沿いに星野村まで立てられ、
電線の張られちね。
電気のあすこば流れて来るげな、触ると黒焦げになるげな、
ち、村中のもんが心配したぞ。

小渕の家々にも、
ばあちゃんたちが家にも電線の引かれてきたが、

電球に灯りの点いたときは魂消たばい。
くらくらするごつ明るうして、
みんなして口ぱぽかーんと開けとった。

あんまり明るかけん、
さて、どこに腰ば落ち着かせたもんか。
囲炉裏のまわりで夕めしば食いおわると、
明るか部屋と暗か板張りのあいだの敷居のあたりで、
どっちつかずのまま、あっちに行ったりこっちに来たり、
いっちょん落ち着かん。
柱に寄りかかり、電球ば仰いでにたにたしよるだけのもんもおる。

そげなふうに馬鹿んごつなって夜更かししよったら、
昼間の眠かこつ眠かこつ、
村中ぼーっとほうけたごつなって仕事にもならん。

そりから一ケ月たったら、
電気会社の集金人が家ばまわって金ば取りに来た。
その料金がまた目の玉ん飛び出るごたる値段たい。
破産するぞ、ちゅうて、
どこん家も電球ば風呂敷で包んでしもた。

いままでんごつ、
皿に菜種油ば入れて灯心ば燃やし、
ランプば吊りさげたが、
電球の灯りに慣れてしもた眼に夜の暗闇の深かこつ。
なんばするにも手探りで、
夜なべもしきらんごつなった。

ばって、明るさでいえばおてんとさんにゃかなわんぞ、
そのうえただで照らしてくれらす、
ち、負け惜しみば言いながら、

ささっと寝てしもて、
朝の来るとば待つよりしょーんなか(1)ったたい。

(1) しょーんなか＝仕方がない。

電気泥棒

じいちゃんの、
へらくち[1]に咬まれ死なしてからは、
電気ば泥棒したこつもあったぞ。

ばあちゃんな、
陽しゃんのとうしゃんば頭に三人の子どもば抱え、
腰の抜《ぬ》くるごつ働いた。
昼間は百姓仕事で、
夜はわらじづくりやら機織りたい。
反物づくりはこまか仕事で、
電気んなかとどげんもならん[2]。

電球ば機織り機の上にぶらさげ、
そりに長か電線ばつなげて端ば持ち、
裏口からそーっと出る。
田んぼの水に電線ば浸けんごつ用心しいしい、
星明かり月明かりばたよりに、
畦道ん真っ暗闇ば四つん這いのごつして進む。

電信柱ん下まで行き、
着物の裾ばからげ柱にしがみつく。
おなごもくそもなかたい、
打ち付けてある鉄の棒に足ばかけ、
登りつめて配電盤につなげよった。

部屋の窓に黒か布ば張り、
そとに灯りの漏れんごつして、
息ば殺すごつして糸ば張り、杼《ひ》ば投げた。

終わったら、
また電線ばはずしに行かにゃならん。
電信柱の下で、
となりのカカさんと行き会《お》うたりしてね。

あんたもね、
ち、ひそひそ笑い合い、
あくるひ、
昼間会うても、お互い知らんぷりたい。
めしゃ食うたのー、ち、挨拶ばしたりして（笑）。

（1）へらくち＝マムシ。箆口（へらのような口先をした毒蛇）。
（2）どげんもならん＝どうにもならない。

たんものおり

たていとば
おりきにはって
よこいとば
ひでとばして
ばたんばたん
おりこんでゆくとたい
たていとなんぼん

よこいとなんぼん
あるとね
ち　ようしゃんなきくばって
なんぜんぼんあろうかね
なんまんぼんあろうかね
いとばかぞえてなんになるね
かぞゆるよりおったがはやか
おらんとぬのじにならんばい
おらんとぜにこにならんたい

へらくちに咬まれたじいちゃん

じいちゃんな、どげな人やったね、
ち、かい。
陽しゃんのごつ、よか男たい。
へらくちに咬まれて死んだ、
ちゅうこつも、
すらごつ[1]のごたる話ばって、ほんなこつ[2]たい。

小渕の昔の家から、
茶畑に行く途中に石垣のあろが。
あすこの穴に入り込んだへらくちば、
いらんこつ、棒きれで突きよったら、
ちがう穴から飛び出してきてねえ。

右手首ば咬まれた。
まーだ朝のうちやったげなが、
咬まれたとこのずきずき痛むけん、
傷口ば鎌で切り、
自分の口で血ば吸い取って、
腕ば手拭いで縛ったげな。

すぐ家に帰りゃよかったが、
からだに自信ば持ちすぎとったたい。
そのまま茶畑に行き、
お茶の木の根元の雑草取りばしよらしたげな。

昼近くまで熱中して働くうち、
妙な具合になってきたげなたい。
指先のしびれて鎌ばぽろぽろ落とすごつなった。

腕も力の入らんし曲がらんごつなってきた。
あれ、ち、思い、
指先ば見ると、ぱんぱんに膨れあがっとる。
腕も袖のはちきるるごつ腫れとる。

そのうち、めまいのするごつなった。
じいちゃんなふらふらしながら歩き、
縁側にたどり着いて、
そのまま横になって寝とらした。

ばあちゃんななーんも知らんで、
昼ごはんば呼びに行ったら、
へらくちに咬まれて気持ちの悪か、ち、言わす。
見たら、
鎌で作業着の袖ば切り裂き腕ば出しとらしたが、
丸太ん棒のごつふくれて青ずんどる。

顔もびっくりするごつむくみ白茶けとる。

どげんしたつね！　ちゅうたて[3]、
吐き気のして気持ちの悪か、しか言《い》わっさん[4]。
こりゃいかん、
ばあちゃんなとなりの幹男さんが家に飛び込んで、
とうちゃんのへらくちに咬まれたけん助けてくれー！
ち、叫んだ。

ちょうど昼飯どきで、
となり近所からも男たちの飛び出してこらしてね。
戸板ばはずせー！　ちゅうて、
そりにじいちゃんば放り上げ、
からだのごろごろせんごつ、戸板ごと縄で縛りあげた。
男たちが代わりばんこに戸板の前後から持ち抱え、
茶畑と田の畔ば転げ落つるごつしておりて行き、

発電所の水路道ば北川内の病院まで走った。

一里はあるもんねえ、
走っても走っても届かん。

そのうち、じいちゃんな、
体ばエビのごつ曲げ、
胃のなかのもんばげえげえいいながら吐き出し、
胃液まで絞り出さす。

毒と痛みの全身にまわったらしく、
脂汗の噴き出してくる。
痛か、痛か、熱か、熱か、水ばくれ、水ばくれ、
ち、喘ぐけん、
ばあちゃんな水路に飛び込み、
両手で水ばすくい、

じいちゃんの口に注ぎこんでやった。
そしたら、ふー、ち、体ば伸ばし、
涙目でじーっとこっちば見らすけん、
悲しかった。

休んじゃおられんばい、ち、
男たちはまた戸板ば持ち上げて走り出さすが、
胴体まで腫れのひろがり、
どんどん膨れてくる。
作業着もパッチ[5]もはちきれて苦しがるけん、
両方とも前ばはだけ、
ヘコ[6]いっちょのごつして走った。

青黒うからだのなってくる。
口から泡ば吐き出し、
水も飲みきらんごつなる。

死んじゃいかんぞー、ち、
子どもば置いてどげんするとかー、ち、
ばあちゃんな戸板ば追いかけた。

言うたっちゃ、
戸板に括りつけられ、
イモムシに空気ば入れたごつなり、
白眼ば剝いたまま、
じいちゃんな、なーんも答えてはくれん。

病院に着いたときは、もう死んどらした。

ありから、三十年ちかくにもなる。
四十二歳の働き盛りで、
背の高か、なかなかの美男子やったぞ。

こげな田舎はほっぽりだして、
久留米あたりの町に出てお茶ば売る商売どん(7)したかなー、
ちゅうとが、あん人の口癖やったが、
その夢もかなわんまま、
反対に自分がこの世からほっぽりだされてしまわした。

そして、ばあちゃんといっしょに歳ばとって、
いまでは陽しゃんのじいちゃんになってしまわしたたい。

（1）すらごつ＝空事あるいは虚事。本当ではない事柄。つくりごと。
（2）ほんなこつ＝本当のこと。
（3）ちゅうたて＝と言っても。
（4）言わっさん＝言われない（丁寧語）。
（5）パッチ＝股引。
（6）ヘコ＝褌（ふんどし）。
（7）どん＝～でも。

ちゅうちゅまんげ

どこでん
ここでん
はるのはな
みつばさがして
ぼうめいて[1]
ちゅうちゅまんげ[2]の
ぼうめいて
むらこえ
かわこえ

やまこえて
ぱたぱた
ふわふわ
はるのそら
ちゅうちゅまんげの
ほってった。(3)

（1）ぼうめく＝ふわふわぱたぱたと不規則に飛ぶ。
（2）ちゅうちゅまんげ＝蝶、ちょうちょ。
（3）ほってった＝向こうのほうに飛んでいった。

掘り出しもん

この急須ば見てみんかい。
祇園さんの焼物市でみつけた、
有田焼の掘り出しもんばい。
なかなかの名品やろが。
福島の町のデパートで買《こ》うたら、
まちがいなく十倍の値段はするやろねえ。

胴廻りばよーと見てみんの。
柿の実の枝にぶらさがっとる具合と色合いが、
得も言われん風情ば醸しとる。
柿右衛門が考え出した絵柄、
ち、店の人の言わしたぞ。

蓋のつまみが真ん中からちょこっとだけずれ、
斜めに傾いとるばって、
そりもまた愛嬌ちゅうもんたい。

土で形ば整え、絵柄ば描いて、
さて、そろりそろりと焼窯に入れるとき、
指かなんかば引っ掛けて落としてしまわしたつやろ。
こりゃいかん、ち、慌てて拾い、
蓋にひっつけ、知らんふりして焼いてしまわしたごたる。

弘法にも筆の誤り、ち、言うじゃなかか。
筆の滑ってでけた文字の、
だりにも書ききらんごたるすばらしか姿になった、
ち、学校で教わったこつはなかかい。

そりばなんね[1]、腹の立つ、
三好がこげん言うた。
どっちから見てもやっぱこりは不良品ばい、
ひとの前でこげな急須でお茶ばいれたら笑わるる、
ばあちゃんな安もの買いの銭失いたい、ち。

ばって、ばあちゃんな、
お客のために買うてきたわけじゃなか。
家でいま使いよるとの汚れて、
どげんしてでん垢の取れん。
不潔なもんでみんなにお茶ば飲ますわけにはいかん、
ち、思い、
へそくりばはたいて買うてきたつぞ。
ばあちゃん専用の急須にしたらよかやんね、
ち、陽しゃんもそげん思うかい。

くやしかけん、
こりは自分だけでお茶ば飲むために使うこつに決めた。

陽しゃんにも、
ばあちゃんが自分で採んだおいしかお茶ば、
こりで点《た》ててやろたい。
風流の分からんやつは、どげんしようもなか。

（1）そりばなんね＝そういうことなのに、なにか文句があるのか。

ばあちゃんのてがみ

前略

ヒデちゃん、元気しとるね。
ばあちゃんなあいかわらずたい。

きょう、陽しゃんに字ば書いてもろて、手紙ばしたつはね、
二日前に、ヒデちゃんのこつば心配して、
かあしゃんの相談に来《こ》らしたからたい。

学校にろくすっぽ行かんで、
悪か仲間と久留米の街なかで悪さばかりしよる。
パチンコはする、同級生から金ばおどし取る。

警察にも学校にもかあしゃんな呼びつけられた。
つらかですばい、ち、泣いとらしたぞ。

そげなこつして、どげな気持ちのすると？
よか気持ちのするとね。
学問が、そげん好かんかい。

五寸釘ば金槌でのばして、小刀ばつくったげなね(1)。
ヒデちゃんな、生まれつき手の器用かったもんね。
ばってん、そりば猫に投げつけたら、猫でん痛かろが。

一回(2)、八女に遊びに来たらよか。
裏の公園に桜の咲きはじめよるよ。
電球のばさらかついて、夜桜も夢んごたる。
若けもんの西洋琵琶ばジャラジャラいわせて、歌《うと》うたりしとらすたい(3)。

まっとるけんね。
ばあちゃんがうまかもんば食わすったい(4)。

かしこ

（1）つくったげなね＝つくったそうだね。
（2）一回＝一度。
（3）歌うたりしとらすたい＝歌ったりされているんだよ（丁寧語）。
（4）食わすったい＝食べさせるよ。

キャラメル

箱にいっちょ[1]だけ残して、
楽しみに取っておいたカバヤのキャラメルば、
どこかで落としたごたる。

カラカラ音のするけん、
ちゃんと入っとる、ち、安心しとったら、
おまけ箱のなかのこまか人形のたてる音やった。

計算ばまちがえて、
知らんうちに食うてしもたつじゃなかかい、
ち、ばあちゃんな言うばって、ぜったいそげんこつはなか。

きのう五つ食べ、
寝る前に枕元に並べて数えたら、
五つ、ちゃーんと残っとった。

きょうは、学校に行く前に一つ食べた。
放課後、校庭に遊びに行きながら、
噛まんごつして長持ちさせ、もう一つ食べた。

清しゃんと鉄棒で遊んだとき、
ふたりで一つずつ、合計二つ、食べた。
清しゃんの、カバヤはやっぱうまかのや、ち、言わしたもん。

ね、足してみると、きょうはぜんぶで四つ食べとろが（2）。
五引く四は、一、やんね（3）。
指で計算してみろか、ほーら、指の一本、残る。

ほーら、ち、言うたて[4]、
肝心のキャラメルの残っとらんこつには、どげんもならん、
ち、ばあちゃんな、まーだ、ぼくば信用しとらん。

校庭の鉄棒んまわりは、眼で四角に区切りながら探した。
校庭から家までの狭か帰り道は、
一メートルずつ区切り、よーと[5]見たつばい。

三回も往復したばって見つからんとは、
犬か猫の通りかかって食べてしもたつやろか。
キャラメルでん、神隠しにあうこつはあるとね。

そりゃあるかもしれんねえ、
ち、ばあちゃんな笑いだし、
一円玉ばエプロンのポケットから取りだしながら、こげん言う。
おおかた[6]神さんの、

陽しゃんの腹んなかに隠れとらして、
食べてしまわしたつやろ。

こりばもって寄口の店から飴ば買うてこんの。
キャラメルは買えんが、
五十銭の飴ば二つは買うこつのでくる。

うまかもんでん、楽しかこつでん、
そんときそんときで味わわんで、けちけちあとに残しとくと、
知らんうちに失《の》うなしてしまうもんたい。

(1) いっちょ＝ひとつ。
(2) 食べとろが＝食べているだろうが、ね。
(3) やんね＝だよ、ね。
(4) 言うたて＝言っても。
(5) よーと＝よーく、念を入れて。
(6) おおかた＝たぶん。

畑泥棒

＊

あたしたちゃ、
神上《かみあげ》の川口義三郎と横山シズエ、ち、言います。
きょうは、
先生がたに相談のあってうかがいました。

一か月ぐらい前からですたい。
あたしどもの畑のキュウリば、
日に何本もちぎらるるごつなりました。
タヌキとかキツネとかカラスにしちゃ、
枝からうまか具合にもぎ取っとるし、
食い散らかした跡も残っとらん。

あたしたちがあたりは農家ばかりですけん、
畑のもんば盗まにゃならん人は、
だりもおりまっしぇん。
よそもんのうろつく姿ば見たもんもおらん。
トマトの熟《う》れごろになったら、
そりもちぎり盗らるるごつなりました。

みんなで不思議がりよったところが、
ひょんなことから泥棒の正体のわかりました。
ここにおるシズエさんが、
鍬ば洗いに星野川の河原におりたところが、
蔕《へた》の付いたキュウリとトマトの食べかすが、
河原と川んなかに、
ばさらか捨ててあったげなですたい。
のや(1)、シズエさん。

そのうえ、
犯人の動かん証拠が見つかったとです。
何かちゅうと、
塩ば包んだ紙の落ちとったとですよ。
盗んだキュウリとトマトに塩ば付けて、河原で食いよった。
この紙ば見てください。
学校のノートば破りとったやつでっしょが。
こりに塩ば包んどった。
算数の足し算と引き算ば、へたくそな数字で書いてある。
先生の赤ペンでの直しもはいっとるでっしょが。
30点しか取れとらんですのお（笑）。

あたしとシズエさんな、
犯人は小学生に違いなか、ち、睨んだとです。
学校の引ける時間ば見計らって、
作業小屋に隠れち、見張り番ばしたとですたい。

二、三日、現れんやったが、
シズエさんのキュウリ畑の葉っぱの、なんか怪しか。
風も吹いとらんとに、
あっち側がゆれ、こっち側がゆれよる。
よーとは見えんが、
半ズボンにランニングば着た子どもが三人、
キュウリば品定めしよるごたる。

ひっつかまえてやろたい、
ち、ふたりで小屋ば飛び出し、
見えがくれする子どもたちの方に走ったら、
シズエさんが畦の草に足ば取られ、ひっくり返って、
わっ、ち、声ば立てらした。

子どもたちゃ、逃げろー、ち、
蜘蛛の子ば散らすごつ、

あっちゃこっちゃに逃げ出した。
シズエさんば置いてあたしだけが追いかけたが、
子どもたちの足の速かこつ、
菊池神社の段々《だんだん》ば駆け登って裏山に逃げこんだ。
負けちなるもんかい、ち、あたしもふうふういいながら追いかけたが、
子どもたちゃ猿のごたる身の軽さで、
竜神池の脇ば走って、
沢沿いに山んなかに逃げ込んでしもたですたい。

北川内小学校の生徒に、あれは間違いなかです。
駐在所に行こうかとも思いましたばって、
大人げのなかこつもでけん、ち、思い、
こげんして先生がたに相談にあがった次第ですたい。

子どもたちに、
他人の畑ば荒らさんごつ、

よーと、言い聞かせてもらえんでっしょか。

＊＊

起立！　礼！　直れ。
みなさん、おはようございます。
それではいまから、全校生徒集会をはじめます。
きょうは、教頭先生から特別の話があります。
では、お願いします。

神上の川口さんと横山さんがたの畑で、
キュウリとトマトを泥棒した生徒のおることは、
担任の先生がたに聞いてみんな知っていることと思います。
おふたりは、とても困りきり、腹掻いて(2)おられました。

泥棒をした人は、
胸に手を当てて、よーと考えてください。
畑の作物は、お百姓さんたちが丹精込めて作ったものです。
土を耕し、畔や畝を整え、種を蒔き、水や肥料も与え、
朝から晩まで働いて育てたものです。

みんなは、
店にきれいに並べてある飴やお菓子を食べたいときは、
お金を払わんといかんでしょう。
それと同じこつです。
山のなかに生えとる野イチゴやらアケビの実なら、
だれのもんでんなかけん、自由に採って食べてよかばって、
お百姓さんの畑のキュウリやトマトは、
お金ば払わんと食べられんものです。

先生たちは、犯人探しばするつもりはなか。
悪かこつばした、ち、反省して、
これからせんごつなってくれれば、何も言いません。

どげんひもじか(3)ときでも、
泥棒だけはしないでください。
はんぶん遊びのつもりが、癖になってしまい、
大人になっても盗みをしよったら、牢屋に入れられてしまいます。

そりから、もうひとつ。
菊池神社の裏の竜神池のあたりは、
北向きの山から沢の水の落ちてきて溜まるとこです。
一日中、日の当たらん湿地ですから、へらくちの巣になっています。
何人も咬まれて、死にかけた人もいます。
あすこでは絶対に遊ばんようにしてください。

あと一週間で、
みんなが楽しみにしとる夏休みです。
畑ではこれからスイカやらウリやらが熟れてきます。
お百姓さんといっしょに、大事に見守ってください。

川では溺れんように、気をつけて泳いだり魚捕りをして、
まっ黒に日焼けして学校に戻ってきてください。
宿題と日記も、ため込まんように、毎日してください。

教頭先生の話は、これで終わります。

（1）のや＝だよね。
（2）腹掻いて＝腹を立てて。
（3）ひもじか＝空腹でつらい。

黄金の夏休み

星野川ばのぼって行くと、
一里塚から上流は水の浅《あ》そなり、
広か河原は石だらけになる。
そのなかに何本も流れのあって、
あっちこっちでハヤやらイダ[1]の、
腹ば光らせたり跳ねたりしよる。

石の下にも魚のばさらか隠れとって、
ぼくの自慢の矛で突きやすか。
水の流れんなかに、
四つん這いになったり、
潜ったりしながら、

石の下ばひとつひとつ水中メガネで覗き、
上流の方《ほう》さん(2)のぼって行くとたい。

ハヤやらイダの隠れとると、
銀色のうろこの、
きらーきらー、ち、光る。
まーるか目ば開き、
透きとおったひれば動かし、
ゆらゆら泳ぎよる。

水中メガネで見ると、
ほんものよりか太《ふ》ーと(3)見えて、
金魚鉢にいれたごつ美しか。
こりば突いてやろ、ち、思うと、
どきどきするばい。

ぼくが自分でつくった突き道具は、
ピストル型の木の台の上に取り付けた竹筒から、
自転車のスポークでつくった矛ば、
ゴムで発射できるごつなっとる。

狙いばつけ、命中すると、
魚の暴れ狂い、
竹筒のなかでスポークのがたがた震え、
石の下は砂ぼこりでなーんも見えんごつなる。
よーしやった、ち、ひとりで言い、
逃げられんごつ左手ば奥に入れて、
魚ばしっかり握り引きだしてくるとたい。

ウナギは穴から頭ば出し、
口ばゆっくり開け閉めしながら、
こーまか目ば上に向けとる。

喉の白かとこば狙って突くと、
矛先ばへし曲げるごたる強さで穴に逃げ込もうとする。

鮎ば一回突いてみたかばって、
石の下にはおらんし、
泳ぎのはやかけん突ききらん。
追いかくると小石なら飛び越して逃げるったい。

あすこがいちばん気持ちのよか。
かんかん照りで背中の焼けてきたら、
流れの脇の水溜まりに行き、
ぬーるなっとる水に背中ば浸け、
冷えた腹ば太陽に向けて温める。

石ば枕に、
両方ん手ばひろげ、

ぼーっと、
青か空やら入道雲ば見よると、

オニヤンマの、
すー、
ち、まっすぐ飛んで行く。
同じとこば、
すー、
ち、また帰ってくる。

油蟬の、
ジージー、ジリジリ、
ジージー、ジリジリ、
ち、やかましか。

川んなかには、

だーれもおらん。
そのうち、
ねーむなってくる。

ほんなこつ寝てしもたこつのあって、
夢ば見たこつもあったばい。

（1）イダ＝ウグイ。
（2）方さん＝方に。
（3）太ーと＝大きく。

リバー・ポリス

ばあちゃんなどこから嫁に来たつね、
ち、かい。
陽しゃんが魚ば突きよる浅瀬のすぐ下手に、
大渕のあろが。
あの渕の崖んうえに三軒、家のある。
あすこの竹細工ばしよる家からたい。

あの家なら知っとる。
魚ば突きに行くとき自転車ば預けるとこたい。
軒下に置かせてくださいい、ち、言うと、
鍵は掛けたかい、ばあちゃんな元気しとらすかい、ち、

いつでん同じこつば、
土間で細工しながら、おっちゃんの言わす。

ありはばあちゃんが甥っこたい。
昔はばあちゃんがとうしゃんも同じとこに座って、
あげんして一日中、
竹ば炭火で炙《あぶ》り、細《ほ》ーそ裂いてヒゴ(1)ばつくり、
ショウケ(2)やらテゴ(3)ば編みよらした。
一人息子の泰造が家業ば嫌い外に出たけん、
ばあちゃんが姉の子どもの一蔵に、
こまかときから細工ば習わせ、家ば継がせた。

あの家の東隣も、親戚ぞ。
松造ちゅうて、ばあちゃんが従兄弟たい。
陽しゃんのごつこまかときから魚捕りが好きで、

今でんそのまま、川漁師ばしよる。

知っとるよ。
あん人は、魚捕りの名人たい。
ぼくがあすこで魚ば突きよると、川んなかで会うこつのある。
ヘコいっちょに、草鞋ば履き、
石ばひょいひょい踏みながらのぼってこらす。
ときどき流れに立ち込んで、箱メガネで石ん下ば見よらす。
タコ糸ば結びつけた長鉤《ながばり》にクロカワ虫ば刺し、
細か竹の棒の先にひっかけただけの釣り道具たい。
箱メガネば口にくわえ、石の下に棒の先の餌ばそーっと差し込ます。
いっとき覗きよらすが、ぐっ、ち、糸と棒ば引っ張らすと、
鉤に掛かったウナギの、ぐねぐね暴れながら水から引っぱり出されてくる。
腰に付けた竹籠の蓋ば開け、放り込み、
また、ウナギの穴のありそうな石ば探しながら歩いて行かす。

ぼくがこそーっ[4]と後ばつけて行き、
離れたとこから見よったら、
一時間ぐらいでそげんして五匹も引っぱり上げ、
往還に駆け登り、さっさと家に帰って行かした。

投げ網ば打ちよらすこつもある。
魚の溜まっとる浅か落ち込みに向け、
右手で根元ば握り、左腕と肩に置いた網ば、からだばひねって投げらす。
落下傘のごつ網のひろがり水に落ちると、
引き縄ばじわりじわり引き寄せてきて岸にずり上げらすと、
網のなかでハヤやらイダ、鮎やらの、きらきら光りよる。

夕方に、ウナギテゴば五、六本、背中の籠に入れ、
流れのあちこちに仕掛けて歩きよらすとば見たこつもある。
下の大渕で、延縄《はえなわ》ば引っぱり、
向こう岸まで泳ぎよらすとば見たこつもある。

魚捕りが松造の稼業たい。
名人じゃなかと食うていかれん。
川漁も商売となると容易じゃなかぞ。

ハヤやらイダのこまかやつは大釜で煮て佃煮にする。
かたちのよか[5]つは竹串に刺し囲炉裏の煙で燻製にする。
両方とも筍の皮に包み、
方々の店先に置かせてもらい、売ってもらうとたい。
ウナギやらナマズは庭先の生簀の竹籠に溜めとき、
数の揃うたら、一斗樽に水ば張り、そりに入れて活かし、
自転車の荷台に括り付けて福島の町の料亭やら旅館に売りに行く。
鮎もその日のうちに売り、金に換ゆる。

冬は魚捕りのでけんけん、
魚捕りの道具やら仕掛けば作ったり、

昼間から焼酎ば飲み酔っ払ってばかりおるが、
カカさんと子どもばちゃーんと食わせてきただけでん、
たいしたもんたい。

あのじいさんのこつば、
ぼくたちゃ、リバー・ポリス、ち、言うとばい。
下流のここんにきまでおりてきて、
禁漁区で魚ば捕りよるとひっ捕まえて罰金ばとらす。
ぼくも捕まったこつのあったばって、
よそで捕れ、ち、言うただけで逃がしてくれらした。

そりゃ、そうやろたい。
あの偏屈もんも、ばあちゃんが孫から罰金ば取ったりはでくるもんかい。
ちかごろはポリスとか子どもに言われ、えばっとるごたるが、こまかころは、洟垂《はなた》れで泣き虫やったぞ。
人嫌いで、川好きたい。

ばあちゃんの家の一統は田畑も山も持たんけん、
おやじのあとば継いで魚捕りが商売になったが、
川が田畑んごたるもんで、
白かサラシのヘコいっちょで、
あげんして暮らしよる。

（1）ヒゴ＝竹を細く切り、包丁の刃ではぎ取った表皮。これを編んでいく。
（2）ショウケ＝底の浅い竹籠。
（3）テゴ＝底の深い竹籠。ウナギを獲るための円筒状の籠を「ウナギテゴ」という。
（4）こそーっと＝こっそりと。
（5）よかつ＝いいやつ、立派なやつ。

ばあちゃん、千葉に行く

＊

千葉のツタエがとこから電報の来たつは、真夜中たい。
夫婦で始めたガラス工場の潰れかかっとって、
住んどる家ば差し押さえらるるけん助けてくれ、ち、言うてきた。

郵便局まで行って長距離電話ばしてみたが、
地獄のごたる、ち、ツタエは遠かとこから泣きわめくばかりで、
電話の先は雑音のひどうしてどげんなっとるとかいっちょん分からん。

ツタエちゃだりか、ち、かい。
たしかに陽しゃんな会《お》うたこつのなかけん分からんやろ。

ばあちゃんが一人娘で、あんたのとうしゃんが妹たい。

支那の山西省太原で製鉄所に勤めよったとき、
千葉の茂原出身のいまの旦那さんと知り合《お》うて結婚し、
戦後は引き揚げてきてコップやら風鈴やらばガラスで作る会社ばしよった。

三十万円ば都合つけてくれち泣きわめくばかりで、どげんなっとるとか。
こりゃ、千葉まで行ってみるより仕方のなかばい、ち、みんなと相談し、
陽しゃんがとうしゃんな忙しかけ、ばあちゃんが一人で行くこつになった。

そりからが大騒ぎたい。郵便局から金ば借り、
腹にサラシば何重にも巻いて札束ば括りつけたら、
妊娠したごつなって、その歳でやや(1)ば産むとね、ち、家じゅうで大笑いたい。
そのうえ札束の腿の付け根に当たってよーと座られん。
胸のうえまでお金ばずりあげたら、

浄瑠璃の人形のごつ、からだの棒のごつなって、息苦しゅうしてならん。

ばあちゃんな字ば書いたり読んだりでけん。

途中で迷い子にならんごつ、

三好がボール紙にこげなふうなこつば書いてくれた。

「私は 福岡県八女郡北川内村大字祇園堂 大石フイ(2)です。

千葉県茂原市小河原一―三五―五 娘夫婦の渡辺幸三・ツタエ(電話 茂原局××××)

の家に行く途中です。よろしくお願いします。」

この書付ば紐で首から吊しち、

上着の下に隠して、いつでん取り出すこつのできるごつした。

持つこつのできるだけの荷物ば大風呂敷に包んで、三好と家ば出た。

＊＊

北川内駅から矢部線の汽車に乗って羽犬塚駅で鹿児島本線に乗り換え、そりから久留米駅まで行き、東京行の寝台特急ば待った。

夕方の六時に特急の来て、三好が荷物ば急いで運び入れて降りて行った。


さーて、そりからがばあちゃんの一人旅たい。

座席に落ち着いて見回すと、まわりは若《わ》けもんばかりで、となりが洋裁学校に行く娘さん、向かいの席のポマードば髪になすりつけた二人の青年が横浜まで日雇いの出稼ぎげな。


みんなよか若者で、ばあちゃんの一人旅は大事《おおごつ》ですねえ、ち、せんべいやら飴ば分けてくれたり、駅弁ば買《こ》うてきてくれらす。

刻み煙草ば煙管《きせる》で飲みよると、紙巻き煙草ば吸うてみらんですか、ち、差し出さす。


博多駅ば過ぎ、しばらくして左側に火ば噴き出す八幡製鉄所の溶鉱炉の見えて、小倉駅も過ぎ、関門海峡ばくぐりますちゅう放送のあった。

車掌さんの座席ば寝台にしつらえ直しに来らした。

糊のきいた真っ白かシーツば二段ベッドに敷きおわると、
車掌さんもまわりも、ばあちゃんな一番下で寝たがよかですよ、ち、言うてくれ、
前の青年が、酒ば一杯飲むと寝つきのよかですよ、ち、注いでくれらした。

いつもんごつ、寝るこそ楽はなかりけりどこの馬鹿が起きて働く、ち、言いながら、
みんなにも挨拶ばして、ごとごと車輪の響く狭かベッドにもぐりこんだ。
心配事やらどげんなるかわからん不安のあったら、寝るにこしたこつはなかたい。

＊＊＊

おばあさん富士山が見えますよ、ち、車掌さんに肩ば叩かれて目がさめた。

通路に出ると、真っ青に空の晴れて雪ば頭にかぶった富士山の窓いっぱいに立っとった。

裾野からせりあがった山に朝日の当たり、写真で見るより何十倍も雄大なもんたい。

ごそごそみんな起きだして来て、
富士山の見えてよかったですねえ、ち、言い合うて、

汽車はパルプ工場の白か煙の何本も立ち並ぶ中ば通り過ぎた。
そりからトンネルばいくつも通って、段々畑に蜜柑の鈴なりに輝き、
ちらちら海の見え始めた。
熱海の海ですよ、ち、裁縫学校の娘さんの教えてくれらした。

熱海の海岸ちいえば、寛一お宮の二人連れ、
寛一が、ダイヤモンドに目のくらんだお宮ば足蹴にしたとこで、
ばあちゃんでん知っとる有名な温泉場たい。

向かいの座席の青年二人も二日酔いの顔して起きだしてこらした。
車内ば売り歩く弁当屋から朝飯ば買《こ》うて食ううち、
右側の窓にちらっと小田原城の天守閣の見えてあっという間に通り過ぎた。

横浜駅に着くと、ばあちゃん、気をつけて行ってくださいね、ち、
二人の青年は紙巻き煙草ば一箱ばあちゃんにくれて、

勤め人で溢れかえっとるホームに降りて行かした。

どこからあげん人の湧いてくるとやろか、ち、思いよったら、
横浜から東京まで、地平線の果てまで家とビルのごちゃごちゃ続いとって、
道路ば自動車やらトラックやらバスやらの数珠つなぎに走りよる。

＊＊＊＊

そうこうしとるうちに、いよいよビルに埋もれたごたる東京駅に着いたたい。
裁縫学校の娘さんな化粧ば直し、ことばもいつのまにか東京弁になっとって、
ばあちゃんの荷物ば担《にな》いあげてホームまで下ろし、改札まで運んでくれらした。

改札ば出ると、芋ば洗うごたる人だかりで構内はわんわん音のしよる。
あっちこっちに人のえすかごたる勢いで行きおうて通り抜けもならんなかで、
娘さんの作業服ば着た背の高か青年ばつかまえて何やら相談ばはじめらした。

ふんふん、ち、うなずきよらした青年の近づいてきて、
私がばあちゃんを茂原に行く列車に案内します、ち、言わした。
娘さんな、私はここで失礼します、ちゅうて人ごみに消えて行かした。

青年はばあちゃんの荷物ば軽々と抱え上ぐると、
人ごみば掻きわけて階段ば上ったり下りたりしてずんずん歩かす。
わけのわからんまま、青年の後ば金魚の糞のごつして付いて行ったたい。

東京駅の広かこつ広かこつ、
青年の後ば汗まみれで付いいて行った先にホームのあって、
ここにも人のばさらか並び、列車の来るとば待っとる。

ここで待ちましょうかね、ち、青年の言うて荷物ば下ろさした。
ばあちゃんなやっと一息ついて、上着の下からボール紙ば取りだし、
あたしはこげなもんですたい、ち、青年に書付ば見せた。

青年はばあちゃんの首からボール紙ばはずし、赤か電話機のところに行って電話ばせらす。
帰って来て、娘さんが茂原駅に迎えに来るとおっしゃいました、ち、言わした。
何から何までいきとどいたこつで、ばあちゃんなほんなこつ感激したたい。

東京は怖かひとばかりち思うとったばって、こげん親切にしてもろて、ち、言うたら、
私は青森から集団就職で東京に出てきまして、
田舎のばあちゃんを思い出したもんですから、ち、言わす。

列車の入ってくると、青年は荷物ばあっというまに座席に運び入れ、
ここにおばあちゃん座ってください、ではお元気で、ち、言うなり、
ホームに飛び降りて手ば振りながら人ごみに消えて行かした。

ばあちゃんな、なんか気持ちのぬーく[3]なってね、
急行列車の窓に田んぼやら林の見ゆるごつなって、
借金でやつれたツタエと旦那さんが待っとる茂原の駅にようやっと着いたこつじゃった。

（1）やや＝赤ちゃん。

（2）フイ＝仏教用語から名を取ったと思われる。【不依】依存しないこと【不畏】おそれをもたぬこと【不意】中に住していること（中論）【不為】作為の全くないところに真如が現前すること、など（中村元『仏教語大辞典』）。

（3）ぬーく＝温かく。

お迎え、と泰造

＊

ばあちゃんも、
いよいよいかんごたる。
こげんして寝込んでからもうひと月にもなる。
みぞおちんあたりのペンチで締め上げらるるごつ痛む。

心配せんでよかですよ、
膵臓の腫れとるだけですぐ直ります、
ち、木下病院の若先生は言わすばって、
若かだけあって芝居の下手で、
こりゃいかんなー、

ち、その顔に書いてあるたい。

その証拠に、お迎えのあったぞ。
だりが迎えにきたか、
ち、仏さんに決まっとるじゃんの。
何ばしに、
ち、浄土にばあちゃんば連れて行かすためたい。

ご仏壇に掛けてある仏さんの画《え》ば見てみんの。
あげなふうに、
森ノ塚の山ん向こうから光の広がって、
雲に乗って出てこらした。
ばって、あの画どころじゃなか、
魂消《たまぐ》るごつ荘厳なもんたい。

仏さんな、

緋の刺繍ば織り込んだ黄金の袈裟ばまとい、
光背からは、
黄金の光が天にも地にも四方八方に突き刺すごつ輝き、
眼ばあけとられんごつまばゆか。
刀やら矛ばもち、甲冑ば着《つ》け、
目ばぎらぎら光らせた従者ば何十人も従えとらす。

不思議なこつばって、いつのまにか、
ばあちゃんも仏さんの乗っとらす雲の端におるらしく、
北川内の村も、星野川も、陽しゃんたちが家も、
ずーっと下のほうに豆粒のごつ見ゆる。

そして、仏さんの体の山んごつ太《ふ》となり、
こっちに来るように、ち、手まねきばせらした。

そんとき、ばあちゃんな、

なんかし残したごたる気のしてね、こげん言うた。
仏さん、あたしゃ忘れもんばしてきたごたる。
せっかくお迎えにあがっていただきながら恐縮なこつですばって、
ちょっとのあいだ待ってくれんですか、ち。

そしたら仏さんな、よかよか、ちゅうたごつ微笑み、
従者たちに向かって錫杖ば振り、
雲に乗って、光りながら遠ざかって行かした。

＊　＊

そんときたい、
姉さん、あたしがだれか分かりますか！
ち、耳元で泰造ががなり立てたつは。

わふ、ち、わくど（1）んごたる顔《つら》ばしておらばんでん（2）、

おりは弟の声と顔ば分からんごつぼけちゃおらんぞ、
ち、ばあちゃんが言うたら、
姉さんにはかなわん、退散退散、ち、台所のほうに逃げ出した。

泰造は家業ばきらって十五、六で家ば出た。
どこでどう食いつないできたもんか、
ひょこっと現れ、
あるときは札束ば見せびらかし自慢話ばしたかと思うと、
次に現れたときは尾羽うち枯らして、
ちょっとのあいだ金ば貸してくれ、ち、言う。

戦前は支那に渡り、
満州で馬賊の家来のごたる真似もしよったらしかが、
陽しゃんが生まれた山西省の陽泉に現れたときは、
山海関[3]の海辺で海苔の養殖ばはじめた、
当てたら大金持ちばい、ち、ほらば吹きよった。

戦後は引き揚げてきて、
東京に出て雑貨屋の商売ばしよるが、
歳もあろが、ようやっと落ち着いて暮らしよるごたる。

こまかときから悪戯もんで親に心配ばかりかけよったが、
やっぱ、最後のこげな大切なときに、
東京から一昼夜かけて汽車に乗り、
仏さんとばあちゃんの邪魔ばしに来たつたい。

（1）わくど＝ガマガエル。
（2）おらばんでん＝「おらぶ（大声を出す）」→「おらばん（大声を出さない）」＋「でん（でも）」→大声を出さなくても。
（3）山海関＝中国・河北省と遼寧省の省境に位置する万里の長城の東端の砦。それのある町。渤海に面している。

ばあちゃんの死

＊

生きとるもんも見舞いばしてくれらすが、
床に伏せってうとうとしよると、
死んだもんもなつかしか顔して会いに来てくるる。

さっきは、陽しゃんのとうしゃんが弟の定樹が、
満州鉄道の新品の制服ば着て枕元に座っとった。
嫁さんの直子さんも晴れ着ば着て、
産着に包んだ和夫ば抱いとらす。
その横に、七五三の赤か着物《きもん》ば着た満子と定子も、
ちょこんとお雛さんのごつ座っとる。

定樹、おまえたちゃまーだ満州におっとか、
日本人はみーんな引き揚げて来らしたぞ、
ち、ばあちゃんが言うと、
定樹が笑いながら、こげん言うた。
引き揚げてきたけん、
こげんして見舞いに来るこつのでけとるとたい、ち。

ああ、こりが仏さんに言うた忘れもんやったなー、
ち、思いよったら、
いつのまにか定樹たちがすーっとおらんごつなった。
どけ行ったたつやろか、線路の方さん行ったごたる、
ち、思い、歩いて行ったら、
どうもそこは満州の荒野のどまんなかのごたる。
地平線の果てまで、鉄道線路のまっすぐ続いとる。

線路の上ば、ひたすら歩きよったら、
夜の暗闇でよーとは(1)わからんが、
大きか都会の灯の見えてきて、
満鉄の駅前にあるまーるか広場に出た。

中央の噴水の前で、
家の材木やら鉄道の枕木ば山のごつ積み上げ、
そりば燃やす炎と煙の天まで上がっとる。
近づいて見ると、
引揚者の群れのなかに、
定樹がぼろぼろの満鉄の制服ば着て、
呆けたごつなって、ぼーっと立っとる。

どげんした、ち、肩ば叩くと、
満子と定子ば死なせてしもたけん、焼いてお骨《こつ》ばつくりよる、
ち、言うじゃなかか。

なんば言うか、
ち、ばあちゃんな定樹ば押しのけ、
ごー、ち、燃え上がる炎のなかば見た。

こーまか、
満子と定子が、
燃えあがる枕木の上に置かれとる。

死化粧ばほどこされ、
無心の、
可愛いか顔ばして。

博多人形のごつ、
七五三の、
揃いの赤か着物《きもん》ば着せられ。

紅蓮《ぐれん》の炎の、
ふたりば、
容赦もなく舐めまわしよる。

ばあちゃんな、
ひゅー、
ち、胸の底から悲しみのこみあげてきて、
泣きながら目ば覚ました。

そしたら不思議なもんで、
枕元に本物の直子さんが座っとらした。
悲しか夢ば見らしゃった（2）ごたる（3）、
ち、やさしか声で言いながら、
ばあちゃんが顔の涙やら首筋の寝汗ば、

手拭いで拭いてくれらす。
そりけん、また涙の止まらんごつなった。

直子さんな、満州から引き揚げてきたあと、
定樹が生きる気力ば落とし、
血ば吐きながら肺病で死んでしもたけん、
実家に帰らした。

気丈なこつで、
久留米大学医学部の雇われ運転手ばしながら、
ひとり手許に残った和夫ば女手ひとつで育てらした。

きょうもまた玄関先に自動車ば乗り入れ、
見舞いに来てくれらしたとこやった。

＊　＊

定樹とふたりの孫娘にも会うこつのでけて、
ばあちゃんな、またお迎えのあったら、
いつでん出かくる用意のでけたごたる気のする。

そのうえ、もうなんかしらん、くたびれてしもたたい。
この歳ではじめての長患いばして、畳の上で、
眼と耳と口だけ動かすだけの毎日は、ほんなこつ退屈でしょーんなか。

それにしても、両親からもろたこの眼は、
美しかもんも、汚かもんも、
見たかもんも、見ろごつなかもんも、
よーと見せてくれた。

耳でん同じこつ、

美しか音も、やかましか音も、
聞きたか話も、聞こごつなか話も、
飽きもせず、よーと聞かせてくれた。

鼻でん、口でん、舌でん、指でん、足でん、同じこつ。

よか香りも、臭か匂いも嗅ぎ、
息ば出し、息ば吸いこんだ。
うまかもんも、まずかもんも食い、味おうた。
やわらかかもんも、かたかもんも触り、
近づいてくるもんも、離れていくもんも摑み、
近かとこも、遠かとこも歩き、走りまわった。

心でん、同じこつたい。

うれしかときは喜び、

かなしかときは泣き、
むぞして[4]ならんときは抱きしめ、
ときに怒りくるい、我とひとば忘れた。

母親の腹から裸で押しだされ、
人間なこげんして、地面と空のあいだば生き、歳ばかさね、
また無一物で土に還っていかにゃならん。

仏さんな、こげん言わしたげなたい。
六根《ろっこん》ば清浄にしなさい、ち。
眼、耳、鼻、舌、身、意の六根の汚れででけた業ば滅し去り、
輪廻ば断ち切り、死に切るもんが、浄土に生きるこつができる、ち。

そりけん、
ばあちゃんが死ぬとは、浄土に生まるるのと同じこつたい。
陽しゃんも、寂しゅうはなろが、いつまでも悲しんじゃならんぞ。

ばあちゃんの枕元ばうろうろせんで、
いつもんごつ、外ばさるきまわり(5)悪さどんしてこんの。
ばあちゃんな、痛み止めの薬の効いてきたつか、ねーむなってきた。

(1) よーとは＝はっきりとは。
(2) 見らしゃった＝見られた（丁寧語）。
(3) ごたる＝「ごとく」＋「ある」。～のようだ。「ごつある」ともいう。
(4) むぞして＝かわいらしくて。
(5) さるきまわり＝ほっつき歩き回り。

あとがき

昨年（二〇〇八年）の三月、わたしの腸は、医者に言わせれば「破裂」した。集中治療室で一週間、生死の境をさまよい、一ヶ月ほど入院した。退院後は、人工肛門での生活になり、あまり外に出歩けない。しきりに九州のふるさとや、子どものころが思いだされた。それで、思いだすまま、詩らしきものを書きはじめた。

すると、わたしのばあちゃんが机のわきに、なつかしい姿で出現したのだ。こげなこつのあったなあ、とか、あのこつは覚えとるかい、とか、勝手にしゃべりだしたのである。しかも、こげなふうに書いたがよーはなかかい、などと、ワープロのキーを押したりするのであった。

ちょうどそのころ、友人で大宅賞作家の橋本克彦氏からメールがはいり、「ノンフィクションには飽きた、ブンガクをしようぜ」と、誘ってきた。ばあちゃんがしゃべるままを書き取り送りつけると、「面白い！　そのままそのまま、ばあちゃんを引き留めて聞き書きを続けよ」と、励ましてくれた。

夏から冬にかけて、ばあちゃんが語るいくつもの物語ができあがっていった。そして、年末には、語るべきことも、もはや出尽くしたようだった。ばあちゃんは、陽しゃんも元気になってきたごたるけん安心した、浄土でんそれなりに忙しかぞ、ち、帰って行った。

そういうことなので、この詩集は、祖母・大石フイのものである。著者のフイは、文字を読むこと、書くことができなかった。この一連の語りには、文字や書物にじゃまされていない裸眼と裸心の率直なまなざしと思いがある、と、孫のひいき目ではあっても、言いたい。

昨年の秋、九八歳になる母を見舞ったついでに、ばあちゃんたち先祖の墓地跡を訪ねた。わたしの父は生前、ここの墓を町なかの菩提寺に移した。境内に建てられたコンクリートの建物の壁に何百というマッチ箱のような集合墓が並び、そのひとつが今ではわが家の墓となっている。

そのため、放置された先祖代々の墓地跡は、雑草と灌木がはびこり、荒れ果てていた。ばあちゃんの小さな墓石は、となりの竹林から地下を伝って進入してきた竹の根によって押し上げられ、斜めに傾いたまま立っていた。

だから、この詩集は、ばあちゃんの斜めに傾いた墓石に刻む、ささやかな墓碑銘ともしたい、と思うのだ。

二〇〇九年　早春

●● 改訂にあたって

この詩集の出版から一〇年近くの時間が過ぎました。

一版一刷にはいくつもの誤植があり、八女地方のことばにも不正確なところがいくつか含まれていました。二五〇部を刷りましたが、いまではわたしの手元に一冊も取り置きがありません。版元の青灯社にも在庫がなく、ネットの古本屋にも出品がなくなりました。

昨年の二月、妻が急死しました。いま、一周忌にあたって新しい詩集『木はどうなったか』を上梓する準備を進めています。

いい機会なので、この詩集を増刷するだけでなく、増補（三つの作品を加え）・改訂し、新しい詩集と同時発行したいと考えました。ご笑覧ください。

二〇一八年　春

ちゅうちゅまんげのぼうめいて　改訂版

著　者　大石陽次
発行者　辻　一三
発行所　青灯社
〒一六〇―〇〇二二東京都新宿区新宿一―四―一三
電話　〇三―五三六八―六九二三（編集）
〇三―五三六八―六五五〇（販売）
URL: http://www.seitosha-p.co.jp
振替　〇〇一二〇―八―二六〇八五六
装　本　田代甚一郎＋西俊章
印刷・製本　シナノ書籍印刷
第一版一刷　発行日　二〇〇九年一二月一〇日
改訂版一刷　発行日　二〇一八年六月三〇日

ISBN978-4-86228-103-6　C0095